살아야 할 이유와

죽어야 할 이유가 같을 만큼

우리가 밤새 얘기했던 이야기들은 아름다웠지

슬퍼하지 말아요,
이별도 당신을 떠날 거예요

이승재 시집

좋은땅

우리는 이별한다
사랑하는 존재를 떠나보낸다
무너지고, 감추고,
또다시 살아간다
그리고 아무 일 없는 듯
숨을 쉬며
이별은 그토록
우리가 몰랐던 일상

그 일상은
잠깐씩 눈을 감고
삶을 채 마치지 못한
시가 된다

2024년 6월

이승재

차례

시인의 말   005

1   존재의 이유를 알 수 있을까

상처와 마주 보았네   012

첫 번째 생일   014

빈 공간   016

그리움에 대해서   017

새에 대한 기억   018

가시얼음 위를 걷고 있는 너를 보았어   020

파란 꽃   021

일기 속 혼잣말   022

불행에 대하여   024

존재의 이유   026

그 편지는 부치지 못했어   028

바람에 저 흔들림이라도 너였으면   030

행복해져야겠다는 생각   032

2

그 순간,
헤어지는 방법을 몰랐어

지쳐있는 신에게 기도했네 034

헤어질 때 하는 말들 (i) 036

별이 처음 있던 곳 038

헤어질 때 하는 말들 (ii) 039

마지막 목소리 040

모르는 짐승 042

마지막 곁을 지키는 일 043

의미 없는 심장소리가 들려 044

11월에 046

내가 아는 미소의 전부 048

나무가 기다리는 시간 050

울음 없는 새 (i) 052

울음 없는 새 (ii) 054

하루씩 버티면 돼 056

3

첫사랑이었던 계절,
너를 기억해

첫사랑   061

종이배   062

당신이 곁에서 아침처럼 빛나던 날   064

입원 첫날   065

아침까지만 이별해요   066

내 첫눈   068

봄비가 온다   069

그날 밤 파도가 안아주었어   070

재회   071

눈이 세상을 덮으면 너에게 갈게   072

귀갓길   074

어른으로 산다는 것   076

겨울새   078

4

살아서
들이마시는 숨 속에 있는 것들

호수 옆 물망초 082

곰인형 084

하루살이 086

아들의 죄 088

늑대 소리 090

짐승이 없는 땅 092

달팽이에게 첫눈을 094

길냥이의 하루 096

세상의 모든 나비들에게 098

고양이와 함께 별을 세는 밤 100

길 위에 사라져간 것들을 위하여 102

헤어진 냥이의 기억 104

별이 된 흰둥이와 삼색냥이 106

5

**바람이 분다
죽음도 그를 느낀다**

부재하면서 존재하면 110

죽음이 달콤한 경우 111

악몽에서도 넌 내게 살아가라고 했어 112

여행을 멈춘 새 이야기 114

아침이 없는 날 116

죄와 벌 118

벚꽃혼 122

탕(湯) 124

방해한 어떤 삶 126

먹을 것을 주면 대신 울어주던 아이 128

에필로그 130

1

존재의 이유를 알 수 있을까

상처와 마주 보았네

혼자였는데
더 혼자이고 싶어서
정신없이 너에게 달려가던 그날
가시 돋친 시멘트길에
빨갛게 피어오르는 무르팍 피를 보며
한참을 앉아있었네

붉은 방울이
나 대신 울고 있는 거 같아
미안,
내 그림자에서조차 벗어나고 싶었어

오래전에 버려진 가슴앓이
견디지 못했던 기억
그렇게 너는 사라지겠지
나도 사라져버릴 거야 그래서
나도 널 잊을 거야

핏빛도 잃어가는
상처에게 얘기하며
한참을 울었네

첫 번째 생일

비가 많이 내렸어요
어제 우연히
마침
당신 없는
당신 생일을 기념했어요

열아홉
투명한 촛불을 밝혀요
열아홉에 사랑하지 못한 당신에게
할 수 있는 게
이게 다여서

당신 없이
혼란스러운 내 삶은
주인공 없는 생일처럼
어디서부터든
설명할 수 없게 되었어요

어제는 분명 비가 왔는데
오늘은 왜 햇살이 비추는지
모르겠어요

당신이 없는 정원에
피는 꽃은
왜 피어난 것인지

빈 공간

네가 있던 자리는
이제 햇볕이 닿지 않아서
아무도 오지를 않아

살고 싶었던 아이가
죽고 싶었던 아이에게
삶에 대해 이야기를 하고 떠나

그 이후

비어있는 공간이
대답하지 않는 의미를
나는 아직 모르겠어

그리움에 대해서

나에게
아무것도 남겨진 게 없으면 좋겠어

그래서 이제 나는
바람에 씻겨나간 시간이길
시간에 고인 빗물이길
빗물 속 털어버린 먼지이길

그렇게 나는
그 어떠한
아무것도 아니기를

아무것도 아니어서
그 무엇도
그리워할 수 없기를

새에 대한 기억

우리 마지막 바다여행에서
다리 없는 종달새 얘기 했잖아
그 새가 했던 말이 기억났어

새의 언어로
좋아한다고 하는 말은
노래였을까 아니면
울음이었을까

많은 날들이 지나도
새의 소리는 슬퍼
네가 항상
모든 새는 예쁘다고 했으니까

이 기억도 언젠가 그 종달새 얘기처럼
발자국도 없이 날아가겠지 그러면
슬픈 내가 있는 내 기억에서
너만 남길 수 있을까

그래도 노래하는 새는

우는 거 같아

그 바닷가

그 다리 없는 종달새처럼

가시얼음 위를 걷고 있는 너를 보았어

"널 사랑했어"

- 지금은?

"지금도 사랑한다고 하면
 상처가 되잖아"

- 난 상처나도 돼

"내 발 위에
 너의 피투성이 발을 올려놓고 있으면
 지금도 하염없이 눈물이 나
 헤어진 적이 없는데
 이제 우린 어떻게 해야 해?
 ……
 널 사랑하지 않아"

파란 꽃

우리는 같은 사랑을 했는데
두 개 삶으로 태어나
하나만 신의 발등 위에
구슬피 엎드려 있네요
아픔이라고 부르기엔
당신은 제게 너무
파아란 수선화였어요

일기 속 혼잣말

'사랑하지 않았다 그래서
 슬픔도 존재하지 않았다'

마지막에 쓴 말

마지막 페이지도 태워버렸어

태워버린 종이 위에는
너도 그 누구도 사랑한 적 없어

꿈꾸었던 증거인멸

너는 이제 일기장에도 없는 혼잣말

이제 아무도 볼 수 없는 슬픔

아무도 알아주지 않을 허무

다시는 반복하지 않을 사랑

꿈에도 지워버릴 나의 사랑

불행에 대하여

잃어버림을
받아들일 수 없으면
불행함을
받아들여야 해요

당신을 기억하기 위해
그래야 한다면 난
불행하기로 했어요

나의 불행은 짙은 안개와 같아
아무것도 볼 수 없어
그래서
괜찮을 거예요

걱정 마세요
햇볕이 안 드는 공간도
추억이 있던 곳

당신을 기꺼이 추억합니다
그만큼 행복했으니까요
내 걱정하지 말아요

존재의 이유

존재해요 나는
살아갈 수 없으면
존재하는 거예요

떠나신다는 걸 알았을 때
죽을 수밖에 없는 것들을
사랑하기 시작했어요

준비가 되었을까요

그래도 삶의 끝자락에 서면
마음이 쓰러지고 또 쓰러져요

살아간다는 것은 원래 이렇게
쓰러지는 건가 봐요

그대가 떠나신 이후
나는 아무것도 되지 못했어요

당신 없이 서있는 나는 이렇게
아무것도 아니잖아요

세상 모든 것은 언젠가
나머지 반을 다시 만나는 거래요

그날은 유독
아기별꽃만큼 푸른 날이었으면 좋겠어요

그만큼 그리웠던 날이니까요

그 편지는 부치지 못했어

만약에 어느 날
너에게 내가 아무 말이 없으면 그건
널 사랑한다는 뜻이야

그렇지 않은 날은
그리워한다는 뜻이고

살아야 할 이유와
죽어야 할 이유가 같을 만큼
우리가 밤새 얘기했던 이야기들은 아름다웠지

왜 마지막 순간에 사람들은 편지를 쓰는지
이제는 알 거 같아
인생에서 단 한 번이라도
후회 없는 일을 해야 하니까

소식이 없어도 너무 슬퍼하지 마
한 번도 널 후회한 적 없어

포기하지 않던 날개 소리 들리니

어떻게든 살아가려 했을 거야

한 번도 널 후회한 적 없어

바람에 저 흔들림이라도 너였으면

슬픔은 견딜 수 있을 때까지
기다려주지 않았어

하늘이 너무 파란 날
태양이 너무 눈부신 날

너는 그곳에도 없는 거 같아

하염없이 너를 찾아
하늘만 바라보는 나를 본다면
저렇게 비 개인 파란 하늘같은 건
있을 수 없는 거잖아

마지막 순간

두 손 꼭 쥐고 있던 네 눈동자처럼
창밖에서 나뭇가지가 흔들리고 있어

새의 영혼이라도

잠시라도 가지에 내려앉은 것이었으면

이제는 내가 알아볼 수 있게

저 바람에 흔들리는 가지라도

너였으면

행복해져야겠다는 생각

행복해져야겠다는 생각을 지우면
또 견딜 수 있어요

울었던 날들이 헛되지 않게
웃음 없이도 살아가는 거예요

살아있어야 뭐든 보고 싶으니까요

힘들지 않아야 한다는 생각을 지우면
또다시 물거품처럼 살 수 있겠지요

다시 보는 날에는
힘든 적 없는 듯 우리
그렇게 투명한 안녕을 해요
그늘 없는 손을 흔들어요

2

그 순간, 헤어지는 방법을 몰랐어

지쳐있는 신에게 기도했네

아직 어렸던 허공에서
해가 떨어졌다 그때
우리 둘의 세상도 까맣게 잊혀지기를
간절히 기도했다

끝도 모를 깊은 우물에 던져진 죄인처럼
엎드려 울던 그 아이

네 몸 안에 가득했던 눈물이 기억날 때
너를 대신해 내가 죽지 못했을 때

남아있는 미련에 내 자신은 없어

무엇을 간절히 기다리다
무엇을 기다렸는지도
하얗게 잊어버린 백치처럼

지쳐있는 신에게
또다시 간절히 기도했어

그날 오후 그 검은색 하늘처럼
저도 데려가주세요

검은 하늘에 작은 빛들이
네가 좋아했던 동화 속 이야기들 같아

그 이야기가 끝나는 곳으로
저도 데려가주세요

헤어질 때 하는 말들 (i)

남겨진 사람은
마음을 버려요

마음을 따라가다 보면
모든 걸 잃어버리기 때문이에요

우리 마지막 날이었나요

모든 것이 말이 안 되는 얘기 같았지만
모든 말이 오랫동안 생각했던 거였어요

좋았던 일, 나빴던 일, 사랑했던 일
모든 일 모두 잊으세요

그리고
나도 잊고요

모든 것이 원래대로 돌아간 거처럼

애초에 존재하지 않았던 사랑처럼

있던 곳으로 돌아가세요

아무것도 없었던 거처럼
잘 가요 그럼

안녕

별이 처음 있던 곳

내가 사랑했던 사람은
우주에서 가장 빛나서

이별은 그래서
예정되어 있었는지 몰라

내 옆에 잠시 머물던 별 하나가
어느 겨울밤
처음 있던 곳으로 돌아갔어

헤어질 때 하는 말들 (ii)

오랜 후에 돌이켜보면

헤어질 때 했던 모진 말들은 차라리

진실이어야 했다

마지막 목소리

소리가 지워진 파도 위
하얀 새의 심장 소리처럼
새하얀 입술이
내 이름을 불렀네

울지 말고
웃어줄걸 그랬어

사람들의 마지막은 항상 그래
무엇이 마지막인지 몰라

당신이 내 이름을 불렀을 때
울지 말고
웃어줄걸 그랬어요

당신이 간절하게 부르던 그 계절 속에서
내 이름도 당신과 함께 사라졌어요

미안해요

그것이 내 마지막 이름인지 몰랐어요

절반의 사라짐은 진정한 사라짐이 아닌 거겠죠

내 이름도 그렇게 지워지겠죠

그해 겨울은 끝나지 않아요

그래서 난 아직 여기서

사라지고 있어요

모르는 짐승

칼날이 살결을 스치기 전까지
어린 짐승은 아무런 저항을 안 한다

그 시절
이별이 무엇인지 몰라
가지 말라고만 했다

이별이 온몸에 상처를 내고 있을 때도
아무런 저항을 못 했다
영혼은 이미 죽어서
아무런 소리도 못 냈다

울음소리도 없는
비어있는 이별이었다

마지막 결을 지키는 일

모두를 증오한다며 고개 숙이던 그 사람이
사랑스럽게 보일 때까지
오래도록 바라보았습니다

그 사람이 말하는 삶에 대한 슬픈 원망

그 슬픔마저 나누어질까

빛 잃은 눈동자를 오래도록 감싸 안았습니다

그 아픔 내가 대신할 테니
사랑하는 사람은 이제 평온하길

네 아픔 이제 내가 대신할게
사랑하는 사람은 이제 편히 잠들어

의미 없는 심장소리가 들려

우리는 손을 흔들지 않았어

안녕이라고 말한 적도 없어

서로 아파하지 않기를 기도했을 뿐인데

어느 순간이 이별이었는지
기억나질 않아

끝을 알 수 없는 하루와
완벽하게 비워져 있는 감각은
무엇을 추억할 수 있을까

이제 의미 없는 핏속의 잡념들을
놓아주어야 해

내 심장을 멈추게 하는 거
너만이 할 수 있어

네가 그랬으니까

먼저 그랬으니까

아프니까 가져가

11월에

미쳐가는 사람과
그를 지켜보던 사람을 알고 있다
결국 사람이 사람을 버렸다
한 개의 나무엔 한 개의 달이 걸리고
그러면 그들을 이야기해야 한다
바람은 나무를 붙잡고 목메어 울고
사람이 한 사람을 붙잡고 서럽게 울던 날
잠시 장난처럼 서있던 소녀와
그 발아래 잠시 자랐던 풀들과
그들의 이야기가 함께
인생은 외롭지 않고
굴러가는 유리병 속의 생쥐처럼
한없이 자유로웠다
계절이 바뀌어도 바람은 지나가고
나무는 죽었어도 바람은 가지를 붙잡는다
그리곤 더 큰 소리로 울어버린다
나는 그 소리를 기억해야 한다
하나의 흙더미

그 위에 한 사람의 눈물로 자란 풀들도 죽어가는데
어쩌다 부딪히는 풀잎 소리를 들으며
나는 살아있다
바람이 웅 소리를 내며 마음을 휘젓고
나는 떠나야만 하는데

내가 아는 미소의 전부

너의 눈이 감정을 속이지 못했을 때
맑게 떨어지는 눈물도 나는 깊숙이 바라보지 못했네
눈물 닦아주는 일을 내색 않고 하기에
내가 너무 나약했나

가난도 모르게 과자 한입에도
손 모아 기도했던 사랑하는 사람아
너의 아픔은 그날 병상 위를 날아가던
부서진 작은 새가 가져갔으면

그동안 우리 이야기는 자줏빛 시집처럼
슬픔을 한 장 숨죽여 넘겨도
또다시 다른 슬픔이 펼쳐지는 건
처음과 같은 끝을 바라는 내 마음에서인가

처음 본 그날 네가 내 이름을 불렀을 때
너는 내가 아는 미소의 전부가 된 것처럼

그 입술이 아직 떠나지 아니한 듯
다시 한번 나를 불러주었으면

나무가 기다리는 시간

철부지 우리 처음 만난 그곳에서
나무가 되어 있을게

나무가 백 년을 기다리면
언젠가 너는 파랑새 되어

꽃 피운 내 가지에 앉아
그때는 잠시라도 머물다 떠나

나무가 죽어 천년에 이르러
네 숨결도 바람이 되면

나무는 먼지가 되어 흩날릴 거야

그러면 나는 바람까지 사랑할 수 있어

우린 그렇게 다시 만날 수 있어

먼지가 되어도 나무는 널 기다릴게

울음 없는 새 (i)

어느덧 다 큰 사람에게
세상은 슬퍼하는 것을 허락지 않아
다리를 잃어 한번 날아오르면
멈추지 못하는 날갯짓과 같은 거야

마음껏 구름 뒤에 숨어 울다가
언젠가 날갯짓마저 멈춰지면
빗물같이 떨어지는 새는
자유롭다고 말해
이 순간 또한 땅을 향해 나는 거라고

비가 내리네
슬픔이 멈춘 자유로운 낙하처럼
날개가 땅을 적시네
하늘에서 휘저은 새는 다시
땅으로 떨어진다 이제 울음도 없이
땅을 가득 적시네

땅에 주저앉아
떨고 있는 한쪽 날개는
남겨진 소원도 없어

이젠 아무도 만날 수가 없네

울음 없는 새 (ii)

그 순간 불을 켰어야 했어요
그 순간엔 멈췄어야 했고요
그리고 잠시 눈을 감은 뒤
그다음엔 다시 살아가야 했어요

함께했던 시간들을 돌아보고 있어요
그렇게 어두웠었나요
그만큼 힘겨웠었나요
기억 속에 우리 둘 사진
사진 속 당신은 아픔 없이 웃고 있네요

그 사진 안에도
그날처럼 바람이 부나요
그날처럼 후회 없이 날 좋아하나요
아무렇지 않게
지친 만큼만 잠시
멈출 수는 없었나요

그날 이후

잠들 수 없는 것처럼

오래도록 잠이 든 것처럼

나에게 시간은 멈춰있어요

그래서 시간은

당신을 생각해요

멈춰진 나의 시간은

하루씩 버티면 돼

오늘 하루도 낯선 시간
세상에 홀로 혼자 같았던 시간
지친 모습은 없는 것처럼
다친 마음 하나 없는 것처럼
하루를 웃었어
아직 무너지지 않았으니까

또다시 무거운 내일이 다가와도
하루를 살아간 작은 생명들에게
노을이 녹아내린 바다향처럼
다음 날 햇볕을 담은 등대처럼
밤하늘 별들이 얘기하네

잘했어
잘 버텼다고

다음 하루가 오늘이 되면
심장이 뛰는 동안 말할 거야

세상 발버둥치는 것들을 꼭 안아주면
세상을 누릴 자격이 있는 거라고

불행하기도 할 하루에게
두려울 땐 끊임없이
네 꿈을 얘기해
눈을 감으며 버텨간 시간처럼
살아갈 가치가 있다고 말해
나는 그럴 가치가 있다고 말해

3

첫사랑이었던 계절, 너를 기억해

첫사랑

모든 생각에
하얗게 눈이 내렸다

첫눈이었다

종이배

풀벌레로 살고 싶은
이슬 맺힌 날에
누군가 손짓하면
바람 없는 파도
뭍으로 밀려오네

열여덟 띄워 보냈던
종이배 찾아오면
바람 같은 기도
두 손 꼭 모으고
조심스레 올려놓은
첫발자국

서쪽 바다엔
수평선을 놓지 못한
시들어가는 빛의 향기
주황빛 어린 시절

쪽빛 창공 아래엔

행복한 작은 배

누가 뭐라거든

배 위에 두 사람

당신이 곁에서 아침처럼 빛나던 날

나는 소멸했어야 했는데
당신만이 숙명이 아니라고 했어요

돌아갈 곳 없던 나에게
당신은 세상을 그려주었어요

당신이 해주었던 이야기처럼
멈추었던 삶이 다시 움직여요

내 삶에 누락되었던 작은 아침처럼
삶이 다시 꿈을 꾸기 시작해요

내 삶이
당신을 좋아하나 봐요

입원 첫날

그 시절 그 아인
그늘 없는 새하얀 얼굴을 하고
자기는 누군가가 좋아지면
얼굴이 하얘진다고 했어

거짓말이었는데 그게
그 아이의 첫 고백이었어

햇볕이 비추어 그날이 기억나도
바람이 불어 기억이 흔들려도
그 아이 놓아 보내기에
좋은 날은 오지를 않네

입술마저 하얗던 아침에
입맞춤을 처음 배운 그날처럼

아침까지만 이별해요

당신의 생각은 항상 착했는데

슬픈 날들이 오네요

당신은 어떻게 견디실 건가요?

이 겨울 햇볕도 없는 들판에서
맨발로 웅크리고 있을 당신을 생각하면
피멍든 내 가슴도 아프지 않아요

당신이 깊은 잠에 빠져든 날
세상 모든 것이 같이 잠든 거 같았어요

그럼 우리 아침까지만 이별할 수 있을까요

당신의 착한 마음처럼 나도 참고 살아가면
다시 만날 수 있는 건가요

그럼 우리 아침까지만 이별해요

내 첫눈

절망의 경로마저
넌
하얀 눈으로
덮어주었는데
난
환해진 세상에
두 눈이 멀어
또다시 길을 잃었어
그 겨울
난
왜
너의 발끝에 서서
차라리
그 어떤
익명이 되지 못했을까

봄비가 온다

겨울 눈꽃이
너의 글씨를 닮더니
유서가 되었다

민들레가 하얗게
울음을 터트리더니
봄비가 내린다

그날 밤 파도가 안아주었어

헤어지는 마지막 순간에서야
사랑은 자신의 깊이를 말해주었다

깊이를 알려주고 떠난 사랑은
깊고 깊은 우주의 암흑보다도 한없이 차가웠다

세상 상처받은 모든 연인들을 위로했던 별빛마저
그날 밤 어둠속 파도에 모두 휩쓸려 떠내려갔다

허공을 휘젓던 남겨진 사람을 지켜보다 못해
검고 차디찬 파도가 감싸주었다
떠나간 사람보다
따뜻했던 그날 밤 그 파도가

재회

눈과 파도처럼
우린 어디서든 만날 거야
모든 것을 다 기억하는 바다 물방울처럼
네 안에서 떨리던 내 마음처럼
영원히 돌아오지 못한 사람에게 입맞춤을
신이 허락할 거야

옅은 숨소리가
기다림을 벗어난 자유의 무게가 될 때
백조의 깃털처럼 날아오를 거야
폭풍우가 몰아치는 바다에서도 난
하얗게 눈으로 내릴 거야
그렇게 너를 만날 거야

눈이 세상을 덮으면 너에게 갈게

눈의 빛깔은
아직 아무도 몰라서
흰색이래

눈이 오는 날이면 그 흰색도 덮이겠지

우리가 걷기로 했던 그 길도
아무도 찾을 수 없겠지

그래서 더 살고 싶어져도
얇은 손목만큼도 안 되는 삶인데

그때는 네가 날 기억해야 해

바라는 건 너뿐이었는데
삶은 내 것이 아니었으니

세상이 하얗게 덮이면 너에게 갈게

나란히 걸었던 우리 발자국들
하얗게 다 지워져도

다정했던 입김마저 다 흩어져도

그때는 네가 날 알아봐야 해

귀갓길

이 밤에 남겨진 것이
외로움만은 아닌 거 같은데
난 오로지 그것 곁에만 서있었다

살아가는 것이 처음부터 죄일지도 모르지만
나는 외다리 학처럼 하나하나
서있는 사람들을 싫어했다

길을 걷자
그러면 나에게 남겨진 것들을 볼 수 있으니
어쩌다 나와 같이 걷는 사람들에게서
오래지 않은 동반을 삼킬 수 있는 것처럼

깊은 밤이 되면 사람들은 떠나가지만
길은 그래도
가로등이 같이하는
외롭지 않은 길
나는 또다시

잊어버린 한 가지 존재 옆에 서있다가
그들 사이를 두리번거리며 걷고 있다

어쩌다
가로등이 나를 비추면
난 잠시 길이 된다

어른으로 산다는 것

짊어진 삶이
얼마나 싫었으면
네가 하는 말들은 어떻게
그리 슬플 수가 있니

차라리 도망가렴

도망쳐 살아가면
마음 약한 어느 신이
다시 한번 굽어살펴 주시기를

세상의 친절한 말들 듣지 말고

그렇게 도망가렴

맨발로 건너가는 차가운 개울 위
눈부시게 파란 하늘도
오늘이 마지막인 것처럼

그렇게 도망가며 사는 것은
어른이 되어도 언제나
마지막을 사는 것

도망쳐
살아남아 언젠가는
다시 뒤돌아봐

너의 고개 숙인 그림자를 따라
기다리는 사람이 없는지

먼 그곳에서라도
다시 한번 뒤돌아봐주렴

겨울새

밤새 냉기에 엉키어 뒹굴다
아침이 오면 하늘을 본다

날아오른 새는 태양으로 태양으로
들러붙은 찬바람 서릿발을 떨구려는 듯
온종일 날갯짓한다

해를 만나 태우려던 날개는 결국
다시 지상으로 내려와
누군가 쏟아놓은 토사물을 한없이 쪼아댄다

온몸이 하얗게 얼어
나뭇가지에서 떨어져도
오늘 밤 더 이상 나는 가련하지 않아

꿈을 꾼다
만날 태양, 태워버릴 날개
다신 돌아가지 않을 하얀 땅

봄을 가득 피운 수선화 속에
내 파란 둥지를

겨울새는 그렇게 잠이 든다
긴 울음을 감추고
길고 푸른 꿈을 꾼다

4

살아서 들이마시는 숨 속에 있는 것들

호수 옆 물망초

스스로에게 물을 주고 싶은 때가 있어
말라비틀어진 내 마음에게

어제 물망초를 삼키고 떠난 철새들은
네가 있는 곳에 잘 도착했는지 몰라

영혼은 이미 알고 있던 그곳 말이야

여기는 이제 내게 과분한 호수가 되었어
그래서 나도 작별인사를 해야 해

철새들과
호수
그리고 내 물망초에게
안녕을

우리가 오래도록 같이 앉아
호수를 바라보던 나무들도

예쁘게 물들다가

죽음 위에 쌓여가네 아름답게

낙엽이 되어가네 조용히

모두가 같은 모습으로

이별하네

곰인형

손에 쥔 술병마저 위로하지 못하는 순간에 이르러
가난이 구토를 시작했다
쏟아져 되나오는 초라한 음식들은 탁한 눈에 걸리고
탁한 눈에서도 눈물은 맑게 떨어지는데

반지하 깨진 유리창으로도 바깥세상은 맑게 보였다

유리창 안으로는 죄인이 좁다란 쇠고랑에 매인 듯
쌓여있는 봉제인형들 사이로는
촘촘히 걸어 다닐 수도 없었다
그러고 보니 이백 원씩 팔리는 너희들은
가난을 모르는구나
깜빡이는 형광등 밑에서도 그렇게 밤새 웃고 있으니

다음 날 아침 하늘에서 내려보낸 비둘기가
구토의 흔적을 구구거리며 쪼아 먹고 있었다
세상에 내동댕이쳐진 설움을 지우려는 듯

네 식구가 하루 종일 훌쩍임도 없는 침묵 속에 앉아
이백 원짜리 인형에 미소를 박아 넣은 듯

가난은 동물모양 솜뭉치에 미소를 얹고 있었다
먹지를 못하니 온전한 짐승도 되지 못하여
어느 집 잔치에 팔려가는지도 모른 채
무표정 위에서 어색하게 웃고 있었다

가난이 만들어낸 그것들은

하루살이

꾹꾹 깊게 파인 발자국에서
흙내음은 났는데
그 유혹에 빠진 씨앗들은
땅 밖으로 나오지 못했어

죽음은 너의 지친 표정도 뒷굽에 감추라 하네

기름진 땅을 등지고 떠나간 사람들
마치 새장 밖의 길들여진 새와 같아

거인들은 아직도 잠을 자는데
두 손을 가슴에 모으고
그들의 삶을 살짝 비켜 밟은 사람들

흙더미 하나둘 쌓아놓고
적당한 곳에 머리를 파묻다가
또다시 들려오는 발자국 소리에
새가슴 되어 눈물로 밤을 새운다

붉은 구름이 서쪽 바다로 돌아가는 길
검푸른 노을 상처를 메꿀 수 있는 곳
흙으로 고향으로 나를 반겨주던 그곳으로
그렇게 돌아가고 싶어
이별이 없던 고향으로

아들의 죄

아버지 뒷짐 손가락 끝에 걸린
검은색 비닐봉지 하나가
밤하늘 잔바람에도 유난히 팔랑거린다
오늘 청송 가는 차비는
소주병 하나 허락지 않은 것일까

주린 배를 움켜쥐고
담장을 넘는 아들 위로
지평선같이 엎드린 아비는
초승달 하나 올려주고 통곡을 했다

숨소리 열 번이 삶과 죽음을 가르듯
한 걸음 한 걸음 오르는 가파른 동네길은
오늘따라 열 걸음조차 쉬 허락지 않는다

아들아 살아가렴
아들아 살아가렴

입안에서만 맴돌던 그 되새김은

그날 밤 수많은 별만큼이나

늑대 소리

그 어느 늑대들보다
홀로 벼랑 끝을 견디는 늑대가
달빛 아래 더 초연하지 않던가

찬바람 부는 막다른 절벽에서도
끝까지 네 다리로 버티어
세상을 내려다보는
그놈처럼

힘들어하지 마라
외로움은 본래 네 마음에 없는 것

울고 싶으면 한 마리 늑대처럼
홀로
달을 등지고
세상이 떠나가게

강철 이빨이
눈보라 속에서
더 하얗게 빛난다는 걸
모두가 알 수 있게

운다면 한 마리 늑대처럼

짐승이 없는 땅

모든 생명에게 한결같이
하늘이 내리신 비를
땅속에 묻어버렸네

최후의 신인 척

마지막 짐승의 오열마저 납탄으로 찢어버려

그래 우리가 유령이었어

그래서 얻은 것은 이 적막

태곳적 늑대 울음도 떠나가고
새들마저 여기선 울지 않아

목줄에 매인 짐승 말고는
곁도 없는 인간들

이제서 마음껏 고독하려나

짐승을 대신해 인간이 울어도
신들도 돌아보지 않을 땅에서

이제는 마음껏 고독하려나

달팽이에게 첫눈을

무심코 스친 풀잎 하나에
그 밑에 살던 달팽이가 굴러떨어져

깨진 제집을 물끄러미 바라보는 투명한 달팽이

무심히 흐르는 피도 투명해서
모든 걸 잃은 슬픔도 표현 못하는 거 같아

내 피는 너만큼 진실한 적이 없는데

모든 걸 너한테 빼앗고도
슬프고도 새빨간 내 피는

미안하다는 핑계도 찾지 못했어

느리고 느리게 멈춰가는 너를
너만큼 작은 나뭇잎으로 덮어주고

다음 계절에 다시 너를 찾아오면
눈꽃송이가 세상을 덮고 있겠지

그러면 투명한 바람 같은 거울을 따라가렴

그리곤 뒤늦은 안녕

투명한 너를 위해 첫눈이 내리길
다음에 여기 피는 꽃이 너이길

첫눈이 내릴 거야

그리고 너에게 꽃이 필 거야

길냥이의 하루

태어날 때부터 세상에 버려졌으니
사랑받은 적이 없다

하루건너 죽음을 하나씩 건넜으니
목숨을 구걸한 적도 없다

죽음을 곁에 끼고도
매일 아침 살아갈 이유를 찾아

그래서 길냥이는
외로움을 선택할 수 있는 유일한 존재

자신의 고된 영혼에서조차 자유로워
인간은 그 앞에서 집사일 수밖에

지구의 주인이라는 놀라운 사실에도
냥이들은 관심 없다

세상 따위 참치 한 점과 바꾸면
그날 하루는 찬란한 햇볕보다 빛나

세상의 모든 나비들에게

어린 길냥이 한 마리가 내게 다가와
희미하게 얘기했다

흙탕물에 잠긴 별빛이었을까
아니면 그냥 빈 과자봉지였을지도 몰라
세상 밖 반짝이는 모든 게 너무 신기해
그래서 고양이는 길을 건너는 거야
그런데 순간 눈먼 두 개 불덩이와 굉음이 덮쳐왔어
너무 무서워 잔뜩 웅크리는 거 말고
할 수 있는 게 없어
기억해줘
쫑긋한 두 귀를 쓰다듬으며 나를 나비라고 불렀잖아
내 눈 안에 세상 모든 하늘빛이 담겨있다고 했잖아
그렇게 나를 기억해줘

나비를 감싸 안으며 나는 기도했다

내 영혼이 차갑게 병들어서
네가 차가워져서야 이렇게 꼭 끌어안아
너를 기억해
풀벌레 따라다니던 호기심 어린 착한 눈빛
햇볕 아래 곤히 잠들던 따뜻한 뒤척임
그리고 잊지 않을게
반짝이는 별이 된 너의 짧은 여행
버림받은 나비 중에 가장 상처받은 나비가
오늘 밤 별이 되기를 더는 아프지 않게
나는 기도해

고양이와 함께 별을 세는 밤

바람이 가장 세차게 부는 날
네가 내게로 왔어

구름 걷힌 세상 가장 예쁜 거만
보여주고 싶어

밤하늘을 올려 봐봐
별들이 가득해

저기 너가 힘겹게 건너온
아스팔트 골목길 별들이 있어

저 별자리는 너와 내가
떨리는 마음으로 만났던 순간이야

그렇게 네가 나를 빤히 바라볼 때면
저 별들이 모두 내게 쏟아질 듯 행복해

별 하나만 따주기엔
너의 눈 속에 별들이 이미 너무 많아

이렇게 밤새 너의 눈 속 별들만 세어도
내일 아침엔 행복할 거야
내 옆에 내 고양이니까

길 위에 사라져간 것들을 위하여

죽어가는 생명 앞에
침묵하는 것이
삶이라면
내 삶은 차라리
죽음으로
침묵하겠어요

말없이 사라져간 것들
그리고 그렇게
꺼져가는 불꽃을 기억해
떨어지는 꽃잎을 기억해
그리고
사라져간 생명을

떨리는 손끝이
마지막 시를 쓴다면
사라져간 것들을 위하여

떠나간 것들도
기억은 영원하게

헤어진 냥이의 기억

울음조차 나오지 않는 시간이 있었어

골목길 가슴마저 하얀 참새들이 물어보네
울어야 할 만큼의 슬픔은 무엇이냐고

참새 무리들을 피해 도망가
흐트러진 잔디에 멍든 몸을 누이면
미동도 없이 한참을 응시하던 허공이
또다시 물어봐 그것도 한참만에

그 정도 아팠으면 이제 잊겠냐고

울 수 있는 아픔이면 울었겠지

버림받았어도 세상에 난 아직
널 안아주기 위해 있어

버림받는 것에 익숙하니까
넌 따뜻한 기억 속에 있으면 돼

버림받아도 괜찮아

따뜻했던 한 사람을 기억해
그럼 또 하루를 버티는 거야

이게 내 대답이야

다들 바보 같은 질문들이지?

별이 된 흰둥이와 삼색냥이

그해 봄에도 작은 동네에 새끼 고양이들이 태어났다
아깽이들은 마치 살아남을 수 있다는 듯
풀숲에 서로 엉켜 안으며 바둥거렸다
그중 하얀 아깽이는 어미가 그루밍을 가르치기도 전에
유난히 자기 몸을 끊임없이 핥아대고 있었다

비 오는 어느 여름날 아침
어미 고양이가 전봇대 밑에 죽어있었다

아직 성묘가 되지 못한 흰색 아깽이도
흙탕물 위에 피범벅이 되어있었다
붉은 피는 푸른 멍도 없이
하얀색 몸을 더욱 선명하게 물들이고 있었다
취객 세 명이 밤새 몰아넣고 돌을 던졌다고 했다

그래서 너는 그랬구나
가장 잘 보이는 하이얀 몸을
이 세상에서 지우려고

그토록 처절하게 온몸을 핥아댔었구나

흰색 고양이는 사람이 주는 먹이를 먹지 않고
사흘간 검고 깊은 풀 속에 조용히 누워있었다
사람이 다가오면 벌레처럼 몸을 꿈틀거려
눈을 마주치지 않았다
그럼에도
흰색 고양이는 죽을 때까지
사람들 눈에 가장 잘 띄었다

항상 붙어 다니던 삼색냥이가
죽은 고양이 곁에서 하염없이 울어댔다

흰색 고양이를 달밤도 몰래
쓰레기봉지에서 꺼내 풀숲에 묻어주었다 그러자
삼색냥이도 기다렸다는 듯 어디론가 사라져버렸다

별들이 떠난 삼색냥이처럼

알록달록하게 빛나던 밤이었다
세상에 내려오는 것을 망설여하듯
풀벌레같이 우는 생명들이
유난히 반짝거리던 밤이었다

5

바람이 분다 죽음도 그를 느낀다

부재하면서 존재하면

당신을 지우려 눈을 감으니
당신의 눈빛까지 기억나요

그대가 없는 세월은 이렇게
세상을 부재해도 존재하게 만들었어요

그대와 나 사이에
부재와 존재가
공존하고 있어

죽음을 사이에 두고도
우리는 아직 이렇게
서로 바라만 보고 있나요

만나지도 헤어지지도 못한 채

죽음이 달콤한 경우

사랑이 잔인하다면
미움은 달콤하겠지

죽음을 생각할 때
삶이 잔인해지는 것은
함께했던 시간이
그토록 미워서일까

미워한 적이 없다면
죽음은 달콤해야하나

악몽에서도 넌 내게 살아가라고 했어

아무것도 가진 게 없는 내가 널 좋아해서
네가 슬퍼하는 모습도 아름다워서
세상이 널 더욱 아프게 하는 거 같아

우리 같이 이 세상에서 도망치자

손을 잡고 한참을 뛰었던 거 같아

멈추면 가슴 깊이 들어오는 바람도 멈출까봐
잡은 손을 꼭 쥐고 온 힘으로 뛰었어

바닷가에 이르렀을까
가파른 숨을 토하며 네 손목이 떨구어졌어

네가 말했지
"여기가 내 세상의 끝이야
이제 난 더 이상 갈 수 없어
기억해, 네가 숨 쉴 때마다 나도 숨 쉬는 거야

꼭 그래야 해, 그래야 다시 만날 수 있어"

항상 너는 같은 말,
그러면 언제나 나는 혼자 꿈에서 돌아와

내가 숨을 쉬는 것이 느껴질 때면 너를 생각해
너 없이 견딜 수 없을 때도 견디고 있어
나는 잘 지내
그러면 너도 그곳에서 잘 지낼 거라는 약속
그래도 가끔씩 보고 싶다
너도 이제 울지 않고 잘 지내고 있는지

나는 숨을 쉬고 있어
그 악몽에서라도 보고 싶어

여행을 멈춘 새 이야기

신에게 버림받은 한 사람을
꼭 껴안고 있는 것만이
내가 할 수 있는 전부였네

숨을 쉬고 있는 카나리아는
검은 탄광을 밝히지
네가 숨을 쉬는 동안
내 삶이 그러했네

기다릴 수 있다는 건
살아갈 수 있다는 것
그럴 것이 없다는 건
그럴 수가 없다는 것

삶에는 아름다운 순간이 있어
세상을 노래하는 노랑새처럼
그런데 삶은 또다시
그럴 수만은 없었네

나에게 주기만 했던 사람이
아주 먼 길을 떠나갈 때
내 여행도 거기서 멈추어
그 사람 잠든 풀숲 옆에
나도 집을 지었네

그 곁에서
긴긴 겨울잠을 자고 싶어

아침이 없는 날

목소리만 들리고
뜻을 알 수 없는 말들

목소리만 기억나는 슬픈 꿈들

망각이 없는 삶은
아픈 삶인 거 같아

차라리 아침이 없으면 좋겠어

아무 일 없는 듯
나서야 하는 아침은
괜찮지 않아
사실 난
괜찮은 적이 없었던 거야

두 손을 뻗으면
지금도 조용히 웃으며

안개꽃다발을 받아줄 거 같은 너는

손잡을 때 없어지는 꿈이
간절한 끝이 아니기를

그날이

아침이 오지 않는 날이었으면 좋겠어

죄와 벌

첫눈이 내리던 예니세이 강가에서
신발이 한 짝밖에 없는 여인과 마주쳤다

늙은 여인은 손을 뻗어
구원을 갈구했다
하얀 손끝이 원하는 건
동전 한 닢뿐

은색 동전을 쥐여주며 나는 물었다
왜 아무도 다니지 않는 이 강변에 있냐고

여인은 숨 쉬는 것도 잊은 듯 말을 크게 더듬었다
자신은 죄가 너무 크고 깊어서
아무도 사랑할 수 없다고 했다
그리곤 곧 혹한이 닥칠 강 너머 숲을
깊고 푸른 눈으로 바라보았다
비천한 몸은 연명해도
자신의 영혼은 구원받지 못할 거라고도 했다

시베리아에 겨울밤이 다가오고 있었다
밤낮이 없는 그 겨울은 너무나 혹독하여
그 누구에게도 죄를 물을 수 없었다

벗겨진 그녀의 한쪽 발을 천으로 감싸며
여인의 삶이 속죄하여 돌아오기를 기도했다
그녀는 노예가 아니므로
무엇이 되었건 그것 없이도 살아가기를 기도했다

여인은 무심하고도 슬픈 표정으로 나를
굽어보고 있었다 너의 마음 말고도
세상 모든 진실을 이미 알고 있다는 것처럼

하숙집으로 돌아와 주인에게 늙은 여인 얘기를 했다
그녀에게는 예니세이가 얼기 전
강물에 몸을 던진 딸이 하나 있었다
시체는 봄이 돼서도 떠오르지 않았고
여인은 딸을 찾아 강가를 떠돈다고 했다

한파가 몰아치던 어느 아침
여인은 사람들에게
자신의 구걸도 견딜 수 없는 죄악이라며
큰 소리로 외치며 마을을 돌아다녔다
그리고 이틀을 버티지 못하고 얼어 죽었다

이미 알고 있었던 죄책감과
알지 못했던 슬픔이 밀려들었다

신에게 기도도 할 수 없는 나날들

제발 저를 용서하지 말아주세요

이 낮도 없는 겨울이
하루빨리 지나가기만을 간절히 기다렸다

툰드라의 바람이 죄와 결백을 가리지 않고
과거에 매여있는 약한 존재들을

하나씩 쓰러트리고 있었다
그녀가 서있던 가로등 빈자리가 창밖으로 보일 때마다
새하얀 칼바람이 추억도 없을 심장에서
기억들을 도려내었다

떠나간 존재에 대하여

그리고 또다시 눈보라

첫 번째 시베리아의 겨울이 그렇게
신이 없는 곳으로 지나가고 있었다

벚꽃혼

드니프로 강물 위로 벚꽃이 흩날린다

서로에게 손 흔들 새 없이
하얀 혼들이 바람에 휩쓸린다

빼앗은 땅만큼 아니면 빼앗긴 땅만큼
어디로 떠도는지도 모른 채

독백도 없는 아이의 비명이

비명도 새나가지 못한 검은 총상이

자식을 묻고 다시 칼을 쥔 노병의 침묵이

십자가 세운 흙들의 무게를 견디지 못해

벚꽃이 흩날린다

지은 죄만큼 하얗게
하얀 만큼 죄 없는

검은 드니프로 물 위로
하얀 혼들이 흩날린다

탕(湯)

그의 눈 위로 유리잔이 부딪힌다
펄펄 끓는 탕 위에는 이름 모를 잡어가 누워있다

감지 못한 눈을 희번덕거리며
사람들의 덕담을 숨죽여 보고 있다
어쩌면 나에 대한 덕담인지

미끼를 문 것은 어리석음 때문이 아니다

뭍으로 끄집어 내쳐져도
수족관에선 잠시 숨 쉴 수 있다는 걸 안다
내가 마르면 손님이 없다는 걸 주인이 안다

가난은 그렇게 스스로에게 목숨과 같은 상처를 남긴다

도마 위 마지막 숨 붙은 아가미에서
빠각빠각 소리가 난다
그래서 잡어는 빠가사리라 불렸다

마지막 숨소리에 붙여진 그 바보 같은 이름은
탕을 둘러싼 사람들의 덕담에도
욕설에도 찾을 수 없다

세상이 펄펄 끓어 넘쳐도

마지막 숨과 바꾼 그의 이름은

찾을 수가 없다

방해한 어떤 삶

오늘 이 식탁 위의 올라온 것들
어떤 것은 마지막 피를 흘렸고
어떤 것은 두려움에 어미를 찾았을 것이고
어떤 것은 죽음을 피하려 뒷걸음질 쳤겠지
모든 것이 끝내 발버둥 쳤으리
보리 한 톨도 신의 섭리대로
마음껏 씨 뿌리며 들판을 뒤덮고 싶었을 것을
풀 한 포기도 첫서리에 얼어 죽는 순간까지
마음껏 바람에 흔들리고 싶었을 것을
너희들 피와 살을 먹으며
내 삶은 이렇게 무언가 미워하고
또 그렇게 아직도 이기적이네
그래서 신은 들려주셨을까
하찮게 부딪히는 나뭇잎 소리부터
들판을 가로지르는 소울음까지
울음소리가 말하고 있어
미워하지 마라

너희를 위하여

피 흘리니

미워하지 마라

먹을 것을 주면 대신 울어주던 아이

먹을 것을 주면 대신 울어주던 작은 아이 곡비

상갓집이 없으면
사람들은 곡비를 마을 밖에 세워두었어

화창한 어느 날
봄바람이 들판에 꽃 피우던 그런 날
한없이 서있던 아이는
너무나 눈부신 날이라서 서글퍼졌어

아무리 기다려도 아무도 오지 않았거든

마을에 죽은 자가 없던 마지막 날
어두워질 때 즈음
아이는 숲속으로 걸어 들어갔어

하늘은 은하수로 엎드려 우는 아이를 덮어주었어
아이는 그날이 처음 자신을 위해 울던 날이었대

별 하나에 눈물 하나 그리고 또 별 하나
아이의 시간이 그렇게 하나씩
하늘로 거슬러 올라갈 때
올빼미 한 마리가 곁을 내주고 같이 울어주었어

아이는 오래전 엄마 보러 가는 길이었을까
곡비는 행복하게 먼 길을 떠났어
누군가 날 위해 울어주네 하면서

이제는 아무도 없는 마을을
아이는
이곳을 떠난 거야

이제 그 어디에도
이별이 남아있지 않아

에필로그

포기한 적 없는데 그래도 어떠한 연유에서인지 오랜 세월 한 단어를 원고지에 올리지 못했다. '길 위에 사라져간 것들을 위하여', 그리고 그 시기 '11월에', '종이배', '귓갓길' 등 시 몇 편이 성년이 되기 전에 쓰였다. 시를 포기하지 않았기에 결국 오랜 장롱 속에서 나와 빛을 본 원고들이겠지만,

절망하면서 왜 버텨야 하는지,
왜 쓰러지면 안 되는지,
엉망인 마음은 무엇을 위해 감추어야 하는지,
모든 것이 사라져 가는데
왜 사람만 저항하며 슬퍼하는지,
이러한 질문들을 이해하는 데 오랜 시간이 걸렸다.

이 시집은 시간 순서로는 3부에서 2부, 2부에서 1부로 쓰였다. 순열을 벗어난 숫자처럼 사람들은 잠시 눈을 감고 뒤돌아보며 살지 않을까. 뒤돌아본 삶이 아름답게 보인다면 그건 아마 당신에게도 저항해보지 못한 슬픔이 있어서이다.

오랜 세월 뒤 다시 펜을 잡으면서

이 글을 읽는 사람들의 슬픔도 지나가길 바랐다.

깊고 옅은 인연들,

만나고 헤어지는 것,

그것은 우리가 모르는 일상이었다.

이별하지 말아야 할 연과 헤어졌다면

언젠가 그 이별과도 헤어지겠지.

그렇게 당신의 슬픔도 지나가기를 바랐다.

verseweaver1004@

이승재

우크라이나 키이우와
러시아 크라스노야르스크에서
그리고 춘천에서
오랜 시간을 보냈다.
2022년 한용운신인문학상으로 등단했다.

슬퍼하지 말아요,
이별도 당신을 떠날 거예요

ⓒ 이승재, 2024

초판 1쇄 발행 2024년 7월 27일

지은이   이승재
펴낸이   이기봉
편집   좋은땅 편집팀
펴낸곳   도서출판 좋은땅
주소   서울특별시 마포구 양화로12길 26 지월드빌딩 (서교동 395-7)
전화   02)374-8616~7
팩스   02)374-8614
이메일   gworldbook@naver.com
홈페이지   www.g-world.co.kr

ISBN   979-11-388-3376-9 (03810)